编著 闫虹 金莲

时尚健康街舞

北京体育大学音像出版社

U0133086

策划编辑　苏丽敏　董英双
责任编辑　英　全
审稿编辑　杨再春　董英双
责任校对　金　润
排版制作　东雪工作室

时尚健康街舞　　　　　　闫虹　金遂　编著

出　　版　北京体育大学音像出版社
地　　址　北京海淀区中关村北大街
邮　　编　100084
发　　行　新华书店总店北京发行所经销
印　　刷　北京雅艺彩印有限公司
开　　本　850×1168 毫米　1/32
印　　张　2.75 （VCD 单碟）
服务热线　(010)62989571　62989572

ISBN 7 - 88722 - 183 - 8
定　价　20.00 元

前　言

时尚健康街舞是一项有利于舞者身心健康的娱乐体育项目。它具有独特的风格——时尚、动感、活力、激情和表现个性。随着社会的发展，健康街舞在营造大、中学校生动、活泼的学习氛围，丰富全民健身的时尚空间方面起到了很好的作用，产生了巨大的影响，受到各阶层人们的喜爱。

为了满足爱好者的需要，普及健康街舞，引导人们对健康街舞新时尚的追求，遵照大众健身"科学性、安全性、有效性"原则，我们编著了《时尚健康街舞》一书，制作相应教学VCD。

《时尚健康街舞》分为两大部分：概述部分从时尚的角度阐述了街舞的起源和发展、特点和作用；成套动作组合则是依据和参照中国学生健康街舞竞赛规则创编而成，分为男子单人、女子单人、集体三人等成套动作；还从科学健身出发，提供了热身活动和静止性伸展练习。适用于教学训练、表演比赛、自娱自乐，具有较强的选择性，读者不分年龄，可根据需要自行练习。

本书内容丰富，形式活泼，彩色制版，图文并茂，与VCD教学光盘相结合，互为补充，特别是担任动作示范与讲解的专业街舞教练，以优美流畅的动作，生动准确的语言，创造出新颖的现场视听教学氛围，是《时尚健康街舞》一书的特色和亮点所在。希望能使读者得到专业、有效的指导，学会并掌握一种时尚、健康的健身方法。

本书在编撰过程中，得到了同行的关心和支持，参考了相关书籍，在此一并表示感谢。

由于编写水平有限，敬请广大读者批评指正。

CONTENT
目录

第 一 章

健 康 街 舞 概 述

第一节　街舞的起源与发展

一、街舞的起源

　　街舞最早出现在20世纪70年代末期美国的黑人聚居区，美国纽约和洛杉矶是街舞的两大发源地。街舞也称为Hip-Hop。街舞（Hip-Hop）从字面上来看，Hip是臀部，HOP是单脚跳，合起来意即轻摆臀部。Hip-Hop字面意思翻译过来是"嘻哈"。

　　Hip-Hop起源于美国黑人音乐的一种形式，是一种美国中下阶层的黑人文化。由于贫穷和社会的歧视使许多黑人不能接受正常的教育，一些年轻人流浪街头，染上了吸毒、抢劫等恶习，使街头暴力一度成为黑人聚居区的一大特征，也成为美国社会的一大顽疾。当时社会上掀起了反对街头暴力的文化运动。有黑色精灵之称的黑人具有天生的韵律感和极协调的运动能力，在Hip-Hop音乐的伴奏下，他们无视于表演空间的限制，道旁街边都是他们展示音乐、舞蹈天赋的舞台。黑人在音乐和舞蹈方面的天赋使他们找到了一种合法的途径来表达和宣泄对社会的不满情绪。他们从说RAP开始逐渐过渡到自由的舞蹈，这样街舞就诞生了。

街舞是多种舞蹈风格相融合于一体、崇尚舞者个性特点的舞蹈。街舞的发展经过了两个时期,1984年以前称之为old school,之后称为new school,它们两者只是一个简单的时间概念,并没有特别的含义。目前,街舞存在7种不同风格(Breaking, Electric Boogi, Locking, Roboting, Popping, Smurf, Voguing),它不是一种单一风格、纯粹的舞蹈,而是不同动作技巧的混合,并且没有固定的风格。

街舞的形式和特征决定了街舞的随意性和流动性,它在最初体现的是标新立异、随意自由。它不受任何舞蹈规范束缚,具有爆发力强的特点,随着音乐节奏,肢体动作自然呈现。现在许多人把它作为一种健身方式,人们通过自己的身体语言进行交流,并以此发泄和表达自己的情感。

二、健康街舞在我国的发展

Hip-Hop作为一种音乐形式,在20世纪90年代传到中国。除了早期的霹雳舞,随着中国青少年对街舞理解的深入,他们逐步回归街舞的本源,以中国青少年自己的眼光和特点来实践街舞。北京、上海、广州因为资讯发达,街舞开展比较早;河南郑州Breaking舞蹈也起步较早。作为一种为青少年所喜爱的文化体育活动,街舞在全国各地已经广泛传播开来。我国街舞与传统的美国黑人街头舞蹈是有区别的,取其精华,多了份潇洒,舍弃其消极的一面,街舞已被视为一种积极向上的健身运动。1995年5月,新组建的北京月坛天行健身会开始尝试将街舞引入大众健身,并在北京体育大学健身专家的指导和编排下推出了"天行街舞",开了街舞进入健身房成为健身课程之先河。为了达到科学、安全健身的目的,国内的街舞课程不选择高难度的技巧动作,而将用脚站着跳的舞步(floor dance)融为一体纳入健身课堂,更突出健身性、娱乐性、欣赏性,便于大众接受。具有中国特色的健康街舞作为一种大众健身方式在神州大地快速传播,呈现出一副欣欣向荣的景象。

新一代街舞更成为现代人舒展自我的方式,舞者更强调释放自己、展现自我,体会从身体到精神的一种彻底的释放与展现。自2000年以来,在我国先后组建了知名的专业从事Hip-Hop文化活动的团体。其中有北京的北舞堂、郑州的舞功堂、上海的炫舞堂等。2002年,北舞堂应中央电视台3套的邀请,拍摄了Hip-Hop舞蹈专题节目,中央电视台5套体育频道开设了街舞教学节目,这些街舞团体和电视媒体对街舞在中国的传播起到了有力的推动和有益的指导作用。2003年11月、12月中国艺术体操健美操协会与其协办单位先后举办了首届"健力宝爆果汽杯"和"动感地带"中国大学生全国电视街舞大赛，设有北京、天津、广东、辽宁、山东、陕西、江苏、湖北、四川、河南等十大分赛区，直接影响到近600万学生。2004年同样举办了以流行街舞、健身街舞为竞赛内容的全国性大赛，得到了社会、学校更多的关注与参与。2004年12月，中国大学生体操协会健美操艺术体操分会，在首届中国学生健康活动大赛中，设置了中国学生健康街舞比赛项目，在此项比赛竞赛规则中，提出了健康街舞是一项有利于舞者身心健康的娱乐体育项目，大赛明确规定在健康街舞中不得出现技巧性动作。全国街舞大赛的举办，表明现在我国的街舞正处于从完全自发和民间的状态向规范化有组织转型的重要阶段，竞赛规则的不断完善使健康街舞项目要求、发展方向更加明确，对健康街舞在我国的发展起到了指导和规范作用。国家体育管理部门的组织和推广将有效地推进这个转型进程，吸引广大街舞爱好者加入到科学、健康的街舞健身行列，使这种另类文化的运动形式以时尚健康个性的形象更快走向主流舞台，在全民健身这个广阔的领域里更好地发展。

第二节 健康街舞的特点与作用

健康街舞吸纳了街舞的动作特性，依据健身原则，在音乐的伴奏下，在身体松弛的状态中，突出了关节的律动及身体的起伏，是一项有利于舞者身心健康的娱乐体育项目。健康街舞所具有的即兴与率真、激情与活力的特征有助于舞者身心的放松，这与健康动感的节奏，尽兴的翻腾和宽松的着装有着直接的关系。与其它健身项目相比，健康街舞具有鲜明的特点和作用。

一、健康街舞的特点

（一）健康街舞的动作特点

1. 动作张弛自如

肌肉持续的用力会使动作僵硬，动作幅度受影响；而放松不当会使动作松懈，软弱无力。经过反复练习，掌握肌肉用力与放松的结合，在动作随意、松弛的同时，强调动作的爆发力，体会街舞张弛相济的动作感觉。

2. 动作快慢有度

动作节奏的快慢变化要与音乐的节奏相符，通过动作快速与控制，充分展现身体的律动感。

3. 动作流畅中有停顿

Hip-Hop音乐有大量切分音，在弱拍上做动作，在连接流畅的同时，做少量空拍停顿，视觉效果上形成强烈对比反差效果，动作因此更具有层次感而增强了街舞的随意、自然的舞蹈感觉。

4. 身体弹动有节奏

身体的弹动主要体现在各个关节（踝、膝、髋、肩、肘、胸）等。弹动技术可以让舞者把握住街舞的动作特点，尤其是膝关节始终处于微屈或弹动的状态，整个身体动作的感觉是"up and down"的律动和弹性，身体其他部位的弹动也要靠相关肌肉的控制及交替收缩来实现，使动作律动感很强且松弛自然，对身体关节起到保护作用，避免运动损伤。

（二）健康街舞的文化特点

Hip-Hop是一种由多种元素构成的街头文化的总称，它包括音乐、舞蹈、说唱、DJ技术、服饰、涂鸦等。它与同是街头文化的滑板、小轮车等极限运动有着亲密的关系。Hip-Hop一族具有共同的行为方式，即使互不相识，也能从它的外表准确地判断。在美国，主流娱乐空间已经被Hip-Hop占据；在韩国，Hip-Hop与其本民族的文化相结合，成为具有韩国特色的最受大众欢迎的文化形式；在中国，成为时尚在青少年中日益活跃起来。近年来，健康街舞在逐渐的发展和完善中，已越来越不受年龄的限制，从10岁到50岁的舞者，已渐渐形成了一种共同的思想理念和行为方式，他们以街舞来张扬自我个性，展示生命的活力和激情，表达勇于进取的生活态度，街舞文化精神实质最突出的表现就是"自由"，每个人都可以自己的风格跳Hip-Hop，他们强调的是"做自己，享受生命，勇于挑战"的理念。

（三）健康街舞的音乐特点

音乐是舞蹈的灵魂。健康街舞的音乐以电子乐器、说唱、磨片等多种元素合成音效为主。街舞音乐大量地使用切分音已成为其标志性特征，与其他流行健身操不同的是，健康街舞的不少动作在音乐的弱拍上完成（一拍两动）。健康街舞音乐，节奏强劲，风格热情奔放，体现出一种时尚的鲜明的动感美。音乐节拍大多选择在每分钟90~120拍左右，音乐的节奏与速度，严格地控制着动作的节奏与速度，因此，在很大程度上控制着运动的强度。在实际运用时，可依据练习对象的身体条件和动作水平来确定。

不同的街舞有不同的音乐类型与之相配合，它包括House、POP、R&B、

Funk、Disco音乐。健康街舞多选择最为流行的HIP-HOP音乐，包含有Rap（饶舌）说唱和较R&B（节奏蓝调）复杂的节奏以及电唱机的音效。

（四）健康街舞的服饰特点

健康街舞服饰表现时尚，"超酷"的T恤、牛仔、肥大的袋袋裤、头巾、毛绒拉帽、精心打造的发式，以及又长又粗的项链等"超炫"的各种配饰，都在舞者的身上成为合理又新颖的搭配，在每一个细节上都具有潮流元素的时尚符号，衣如其人，体现出健康街舞特有的HIP-HOP衣饰风格。

（五）健康街舞编排特点

健康街舞的编排要突出全面性和适度性。练习套路动作的编排首先应包含各种走、跑、跳以及全身各关节的屈伸、转动、绕环、摆振等连贯组合，突出健康街舞全面协调人体各部位肌肉群、塑造匀称身材的功能。其次，应根据练习者的身体素质和动作水平，而确定动作难度和运动强度。健康街舞的难度主要体现在：同时节拍参与运动的肢体多少；单位时间内动作多少；方向变化的快慢；相同动作选择音乐速度的快慢。应注意，动作编排不管难易程度如何，最重要的是跳出街舞的韵味，并强调健康街舞不受年龄限制，随意、自然、适度健身的项目特点。

二、健康街舞的作用

健康街舞能增强舞者的韵律感、节奏感，提高身体各部分的协调性和灵敏性，培养正确的身体姿势，增强舞者的自信心，增进他们审视美、表现美、创造美的能力。

（一）提高身体协调性

生动、乐感、协调是街舞所特有的活力氛围，街舞的动作是由各种走、跑、跳、转等变化，以头、颈、肩、上肢、躯干等关节的屈伸、转动、绕环、摆振、波浪等动作连贯组合而成的，各个动作都有其特定的健身效果，通过放松、自由多变的街舞动作练习，可增加上肢与下肢、腹部与背部、头部与躯干动作的灵活性，同时由于它的动作大多出现在音乐的弱拍上，使动作的韵律更富于变化，从而提高舞者身体的协调性。

（二）增强自信心，培养健康审美观

健康街舞崇尚个性、时尚、自由、随意，它所采用的动感音乐和激情舞蹈，

使舞者充满活力和青春，同时减缓学习、工作、生活带来的压力，消除紧张、激动、易怒、神经质等不良情绪，把不快渲泄出来，使舞者在心理上得到放松。跳街舞，个人发挥的空间比较大，它以舞蹈的形式张扬个性，展示自我，并在习舞过程中，通过与人交往学习，互帮互助，共同提高，使参与者增强自信心。同时健康街舞明显的瘦身效果对年龄较大，身体"发福者"吸引力更大，从事健康街舞健身活动的人群，年龄没有太大限制。长期坚持街舞练习，可有效地减去体内多余的脂肪，改善体型，满足舞者对形体健康美的追求。因此，在追求优美体态的同时，健康街舞更具陶冶性情的功能。

（三）改善神经系统机能

健康街舞练习是小肌肉群的运动，伴奏音乐有大量切分音，健康街舞在两个相邻的强拍动作之间的弱拍上，也增加了动作（有时甚至增加了两个动作），结合街舞动作的律动感觉的培养，在听音乐、做动作时，音乐与动作应相融合，从而使动作更具生命力。同时，人体的力量、速度、灵活性得到了提高，动作更加协调、准确，也改善了舞者的神经系统机能。

第三节　健康街舞教学与锻练的注意事项

一、找对感觉，做好准备活动

街舞动作随意松弛，但仍需要做好热身准备活动。因为街舞动作要适应Hip-Hop突出的运动节奏所需要的肌肉紧张与松弛的切换技术，并且要做到协调控制小关节的运动，所以，在跳街舞之前，需要做身体各关节的准备活动，使身体预热，尤其是将膝踝关节充分活动开，做到既能在跳时动作舒展、流畅，又可避免运动损伤。跳健康街舞首先要找对感觉，随乐而舞，曲膝弹动，身体律动，随着音乐由慢至快的变化，舞者的心理和身体都逐步进入了街舞特有的感觉，更利于动作的掌握和展现。

二、合理安排教学内容和组织形式

健康街舞依照体育健身的原则与方法选取了霹雳舞、DISCO等流行舞蹈作素材。安排教学内容时，要充分体现全面锻练身体、增进健康、自由舒展的动作要求，不得选用技巧性动作，避免造成不必要的损伤。

一堂健康街舞课的时间通常在1小时左右，基本包括热身活动、组合练习、静止性伸展三部分。

教学组织形式应体现灵活性、多样性，既可展现自我，又要兼顾团体配合。注意组织形式的多变，发挥街舞随意性和创新性的特点。

三、教学和练习环境的选择

健康街舞教学环境具有随意性特点，在健身房、公园、街边均可练习，练习场地的选择要遵循大众健身"健康、安全"的要求，防止运动损伤。

四、组织健康街舞表演和比赛

斗舞是街舞的特色表演形式，在健康街舞教学过程中，可以组织健康街舞的教学比赛和表演，其目的是相互学习、交流经验，从而促进街舞动作的掌握和动作水平的提高，提供舞者间互相展示、互相鼓励的表演机会，增强学习的趣味性和积极性。在创编成套动作时，健康街舞的规则要求动作必须反映街舞的特征，地面动作不得出现技巧动作。舞者应了解规则要求，使训练和比赛的目的、目标更明确，这样更有利于健康街舞的发展和推广。

Chapter 2

第 二 章

热 身 活 动

让我们边聆听边享受音乐，以自然、愉悦、随意的心理状态，开始适宜的身体活动，充分调动身体进入运动状态；更重要的是，也可以避免运动伤害的发生哦。热身部分以安排关节活动操，幅度小、变化少的基本动作为主，时间在5~10分钟左右。

预备姿势：双脚开立，同肩宽，双手叉腰、挺胸收腹、立腰、自然呼吸，身体放松。

一、头颈部的活动

闫虹老师提示：

　　头部动作的协调和放松、表现和力度，能够充分展示健康街舞的潇洒和帅气。在做以下头颈部练习时，动作要有控制，缓慢用力，充分伸展。不要小看头颈部的准备活动哦，让我们从头开始吧。

　　1. 头颈转：身体姿态同预备姿势，头部沿垂直轴向左（右）转动90度。

　　2. 头颈左右屈：双脚开立，同肩宽，双手臂自然下垂。头颈向左（右）侧屈，耳部尽量触肩，双肩保持放松。

3. 头颈前后屈：身体姿态同上，下颌回收，低头下看，下颌朝上，头后仰。

4. 头颈环绕：身体姿态同上，头部做顺、逆时针环转。

以上三个动作，分别左右方向交替做两个8拍。

二、肩部的活动

闫虹老师提示：

手臂是全身最具表现力的运动环节，健康街舞特色类型动作，如：locking（锁舞）、wave（波浪）、popin（机械舞）、The King Tut（埃及皇）等手臂部动作突出，极大地突出了健康街舞的表现力和感染力；富有经验的老师和舞者都非常重视手臂动作的练习；正确的肩臂姿态能够完善身体姿态和突现健康街舞动作的艺术风格。来啊，让手臂尽情挥动！

双肩绕环：

1. 双腿开立，双臂自然下垂，置于体侧，双肩向后做绕动，一拍一动，共做两个8拍。

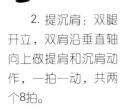

2. 提沉肩：双腿开立，双肩沿垂直轴向上做提肩和沉肩动作，一拍一动，共两个8拍。

3. 单臂大绕环：双腿开立半蹲，右（左）手臂带动肩关节在矢状面向前（后）的做大绕环，双臂依次练习。

两拍一动，左、右手臂交替共做两个8拍。

三、胸部的活动

闫虹老师提示：

　　传统的运动项目不容易展示胸部的动作魅力，健康街舞则通过胸部的含展、移动、绕环等动作，对胸部进行了动感、夸张的表现，这一部位的动作是对传统古典审美观念的挑战，也充分体现了健康街舞的异域风格。让我们大胆的展示吧！

　　1. 扩胸振臂：双腿开立，稍屈膝，重心在右腿上，左脚尖体侧前点地，双臂屈肘于胸前，一拍含胸，二拍展胸。也可一臂上举，一臂下垂，右手向后振，挺胸。动作宜幅度大而有力。

2. 移胸：双腿开立，两臂自然下垂，双手扶于大腿侧，胸部按顺、逆时针做挺胸，右旁移，后含胸，左旁移，各做两个8拍。

四、腰髋部的活动

闫虹老师提示：

　　健康街舞的大多数动作是不对称、不均衡的，腰、髋部作为人体最大的关节，是身体运动的"中枢"，起到承上启下的作用，髋关节动作宜幅度大而有力，要使健康街舞呈现全身一致的协调感和律动感。腰、髋部的柔美和灵动是很重要的哦。

　　1. 腰侧屈：双腿开立，成左弓步，双臂侧平举，右（左）手臂上举。身体向左（右）侧弯曲。左（右）手支撑于大腿面。

　　2. 腰绕环：双腿开立，双手臂打开随上体做以腰关节为轴的绕环。顺、逆时针各做两次。

3. 左右顶髋：一侧腿支撑并伸直，别一侧腿屈膝内扣，上体保持正直，用力将髋顶出。双臂屈肘自然摆动，花手型。

4. 前后顶髋：双腿开立，前后顶髋。双腿及上体保持不动，髋关节带动臀部尽量向前向后顶出。

5. 髋绕环：双腿开立，两腿微屈，两臂侧举。髋部从左向后做顺、逆时针的绕动。

以上五个动作，分别左右方向交替做两个8拍。

五、腿部的活动

闫虹老师提示：

身体弹动是健康街舞最突出的动作特点，其中对整体影响最大、运用频率最高的是膝关节的弹动，充分体现了身体上下起伏（Up and Down）的动感。让我们在音乐中舞动起来吧！

1拍嗒抬右腿，左腿支撑，双手臂体侧自然打开。右腿落至左腿前交叉右腿脚跟点地，左腿稍屈支撑，重心在左腿。左手臂屈肘于胸前，右手臂自然上举。

5~6拍同1~2拍；7拍上体直立，右手扶髋，左手半握拳上举。8拍还原。第二个8拍动作相同，唯方向相反。

2拍收回右腿，还原至开立。3拍左腿向后伸至右腿后交叉，左脚脚尖点地，右腿屈撑，重心在右腿。上体前压，左手指弹响指，右手叉腰。

第 三 章

男 子 单 人 健 康 街 舞

一、男子单人第一组动作讲解与示范

第一八拍

步伐：1、2拍右脚尖点地两次，3拍右脚向前迈一步，4拍左脚跟上成两脚并立，5拍右脚侧点地，重心改变，6拍收回右脚，左脚侧点，7拍同5拍，8拍右脚收回成并立。

手臂：1、2拍右手向侧响指两次，3拍双臂微曲上举，4拍双臂放下后抬起，5、6、7拍微曲至于身体两侧，8拍双臂斜上举。

手形：1、2拍响指，3~7拍放松半握拳，8拍出双手食指point。

面向：1~6拍1点，5、7拍8点，6拍2点，8拍1点。

1、2   3

8、4   5、6、7

第二八拍

步伐：1拍两脚开立半蹲，右肩侧顶，2拍同1拍反方向，3拍肩带胸顺时针绕环，4拍左脚抬起，5拍左脚脚跟点地，6拍收左脚出右脚脚跟点地，7拍转身180度，8拍抬双肘。

手臂：1~7拍自然垂下身体两侧，8拍抬起至腰间。

手形：1~7自然放松，8半握拳。

面向：1~3拍1点，4~6拍3点，7、8拍7点。

3~5

6

1、2

7、8

第三八拍

步伐：1、2拍脚不动，转体，3拍右脚向前迈一步，4拍左脚跟上成并步，5拍左脚向后迈一步，6拍转身180度，7拍右脚向后迈一步，8拍转身180度。

手臂：1、2拍两次侧抬肘部，3拍左手微伸出，4~8拍自然摆动。

手形：半握或自然放松

面向：1~5拍1点，6、7拍5点，8拍1点。

1   2

3   4   5

180度

6、7   8

第四八拍

步伐：1拍右脚跟前点，2拍左脚跟前点，3拍右脚前半步，4拍双脚跟向前转动后收回，5拍右脚向后一步，6拍左脚向后一步，7拍跳跃换脚，8拍左脚向前成并脚。

手臂：1~3拍自然放松，4拍向前抬肘并收回，5、6拍自然放松，7拍从后向前抡右臂，8拍自然放松。

手形：自然放松。

面向：1点。

1	2	3~4

5

6

8

7

二、男子单人第二组动作讲解与示范

第一八拍

步伐：1~4拍侧并步一次，5拍右脚前踢并落在正前方，6拍脚跟向前转动并收回，7、8拍同5、6拍。

手臂：1拍左手胸前，右手侧上指，2拍反方向指一次并还原，3拍轻拍左膝然后向右指，4~8拍自然摆动。

手形：1~3拍出食指，4~8拍自然放松。

面向：1点。

2

1

3

5~6、7~8

4

第二八拍

步伐：1拍右脚向后迈一步，2拍左脚向后迈一步并收回右脚，3拍开立半蹲，4拍并脚站立，5拍踢左脚，6拍踢右脚，7拍并脚站立，8拍开立半蹲。

手臂：1拍放松，2拍微曲向上并手心向上，3拍两侧抬肘，4拍举右臂，5拍伸右臂，6拍自然下放，7拍右臂上举，8拍右手摸地。

手形：自然放松。

面向：1、2拍1点，3拍3点，4~8拍1点。

1~2

3

4

5

6

7

8

第三八拍

步伐：1拍双脚交叉，2拍转身，3拍右脚后撤一步，4拍左脚收回，5拍右脚向侧迈一步，6拍左脚同，7拍同5拍，8拍左脚收回。

手臂：1~4拍自然放松，5拍向左侧上举，6拍右臂相反方向，7拍两手向左指，8拍向右指再回到7。

手形：1~4拍自然放松，5~8拍出食指。

面向：1拍2点，2拍8点，3拍2点，4~8拍1点。

1

2

3

4

5

6

7~8

第四八拍

步伐：1、2拍右、左脚依次向后迈一步，3拍同1拍。4拍左脚脚跟点地，5拍左脚向前迈一步，6拍右脚向左脚前交叉。7拍转身，8拍收脚站立。

手臂：自由摆动。

手形：自然放松。

面向：1点。

1、3

2

男子单人动作编排特点：

应选择肢体动作夸张、爆发力强的动作，如：Locking、popping和moon walk，移动半径大，动作线路应多变，动作幅度宜大不宜小，充分体现男子健康街舞帅气与潇洒特点。

4

5~6

7

8

三、男子单人第三组动作讲解与示范

第一八拍

步伐：1拍右脚右侧点，2拍左脚反方向同1拍，3拍同1拍，4拍右膝跪地左脚向左伸出，5拍、6拍重心向左上侧移动，7拍、8拍右、左脚依次向左迈一步脚跟点地。

手臂：4拍左手扶头，右手撑地。

手形：自然放松。

面向：1~3拍1点，4拍8点，5~8拍7点。

2

1、3

3

4

5~6

7

8

第二八拍

步伐：1拍左脚向右一步，2拍右脚向后，同时重心向右平移，3、4拍原地交叉跳3次，5拍双脚并立，6开立半蹲，7拍手，8双脚并立。

手臂：1拍自然摆动，2拍挥右臂向左指，3~6拍自然摆动，7拍手两次，8拍双臂斜上举。

手形：1~7拍自然放松，8拍出食指。

面向：1~4拍7点，5~8拍1点。

3~4

2

1

5

6

8

7

第四章

女子单人健康街舞

一、女子单人第一组动作讲解与示范

第一个八拍

1. 步伐：1~2拍向右一步，3~4拍向左一步，5~6拍向右一步，7~8拍双腿并拢再下蹲开膝。

2. 手臂：1~2拍左臂前波浪两次，3~4拍同1~2拍，方向相反，5拍左臂波浪一次，6拍同5拍，换臂。

3. 手型：1~6拍自然放松，7~8半握拳。

4. 面向：1点。

1~2、5~6

3~4

7~8

第二个八拍

1. 步伐：1~2拍向左绕髋，3~4相反，5拍向左送髋，6拍左脚并向右脚，7~8拍转身360度，成双脚前后站立，身体前倾，臀后提。

2. 手臂：1拍右手绕腕，2拍击拍右肩，3~4拍反方向，5拍右手向左推头，6拍左手胸前屈臂右手外侧展开，7拍放松，8拍双手伸向前方。

3. 手型：1~5拍放松，6拍半握拳，8拍响指。

4. 面向：1点。

1~2、3~4（向右）

5

6

360度

7~8

第三个八拍

1. 步伐：哒拍左脚轻轻踮起，1拍右脚落于左脚前，2拍左脚并右脚，3~4拍右脚向右迈开，同时左脚向右辗两次，5~6拍左脚向右脚后点地，收回，7~8拍相反。

1~2

3~4

5~6

7~8

2. 手臂：1拍左肩提起屈臂胸前，右手屈臂外展，2拍收回。3~4拍右手从左向右摇摆，5~6拍双臂屈90度，扩胸用力后甩一次收回，再小幅度扩胸一次（头部动作随手臂动作）。

3. 手型：1~2拍半握拳，3~4拍单手，5~8拍半握拳。

4. 面向：1~4拍1点，5~6拍8点，7~8拍2点。

第四个八拍

1. 步伐：1拍右脚向右踏的同时抬起左脚，哒拍左脚落于右脚前，2拍右脚再向右迈出，3拍迈出右脚，绕髋并左转90度，4拍同3拍左转180度，5拍向后勾抬起左脚，6拍打开左脚，髋左送，7拍右脚左后撤，哒拍左脚右后撤，8拍右脚打开。

2. 手臂：1~2拍左臂屈，右臂直，经上绕环至右下方，3~4拍右手在体侧绕腕2次，5拍左臂直右臂屈甩向左侧上方，6拍同5拍，动作相反，7~8拍双臂环绕。

3. 手型：1~2拍半握拳，3~4拍放松，5~6拍半握拳，7~8拍放松。

4. 面向：1~2拍1点，3拍7点，4~6拍3点，7拍2点，8拍1点。

90度

左转180度

4

5

6

7

8

二、女子单人第二组动作讲解与示范

第一个八拍

1. 步伐：1拍右脚勾脚尖外展，哒拍回收。2哒反向。3拍双脚勾脚尖外展。哒拍回收。4拍并拢，5拍双脚跟外展，哒拍双脚尖再外展，6拍同5拍，7拍右膝内扣，8拍反向。

2. 手臂：1拍右手旁按指尖向外，哒拍收回指尖向内，2哒反向。3拍双手同时外按。哒拍再同时内收，4拍提拉并屈臂胸前，5~6拍双手向上波浪滑落至下成双臂自然下垂，7拍右肩放松甩臂向左，8拍反向。

3. 手型：1~4拍掌，5~6拍放松。

4. 面向：1点。

5

3~4

1~2

6

7

8

第二个八拍

1. 步伐：1~2拍直立起身转向左，3~4拍开脚不变，5拍右起外展，哒拍右脚落于后轻跷起左脚，6拍左脚落下成弓步，7拍左脚后退一步，哒拍右脚并左脚，8拍同7拍前半拍。

2. 手臂：左手后，右手前伸；3~4拍右手直臂快速顶肩3次；5拍拍手，左手屈臂肩前上扬，6拍右手前，7~8拍自由。

3. 手型：1~4拍半握拳；5拍掌；6~8拍半握拳。

4. 面向：1点。

1~2、3~4

5

6

第三个八拍

1. 步伐：1拍向右迈右脚踏步；2拍反向；3~4拍同1~2拍踏两次，5~8拍同1~4拍，方向相向。

2. 手臂：1拍屈左臂于胸前，向左侧横拉；2拍反向；3~4拍同1拍2次；5~6拍同1~4拍反向。

3. 手型：半握拳。

4. 面向：1点。

7~8

第四个八拍

1. 步伐：1拍右脚向前迈一大步，2拍左脚后撤，3~4拍转体360度，5拍臀后撅，身前倾哒拍回收；6拍下蹲；7~8拍向右送髋小跳2次。

2. 手臂：1拍双手向上举，2拍落于右侧；3拍放松，4拍右手指前方，5拍双手相握前伸；哒拍收于胸前，6拍扶膝，7~8拍左手前伸，右伸屈臂下拉2次。

3. 手型：1拍五指张开；2~3拍放松；4指7点；5~8拍半握拳。

4. 面向：1拍1点，5拍3点。

1 2

360 度

3~4

5

6

7~8

三、女子单人第三组动作讲解与示范

第一个八拍

1. 步伐：1拍上抬右膝。哒拍落下，2拍左脚打开；3拍原地；4拍并拢；5~8拍含胸抬膝；4次分别转动90度还原。

2. 手臂：1拍左臂胸前屈，右臂向右伸，2拍双臂右前，左后下伸；3拍右手屈臂上抬肘上顶，哒拍右手下伸右手稍上提，4拍右臂再上提，左臂再下压，5~8拍同3~4拍连续做4次。

3. 手型：半握拳。

4. 面向：1~4拍1点，5~8拍分别为：7、3、5、1点。

90度

2~3

90度

1

90 度

4

90 度

5~8

女子单人动作编排特点：

应选择肢体动作灵动、线条柔美的动作，如Wave类型动作中的Arm Wave，Body wave等；动作线路应多变，移动半径适中，动作幅度宜大小相结合。此外，应注意充分利用运动中的舞发之美，长发随身转而飘扬，充分展现出女子健康街舞的妩媚与活力特点。

第二个八拍

1. 步伐：1拍迈右脚划步；2拍左脚并右脚，3~4拍反向，5拍右脚前端，哒拍右脚落在后同时跷起左脚，6拍左脚落脚地成弓步，7~8拍落地。

2. 手臂：1拍双臂向两侧展开，2拍收回，3~4拍相反方向；5、6拍左右臂交替屈于胸前，左臂屈90度悬挂体后，哒拍腰拧转向右后，双臂抬肘90度手下垂，7拍快速夹肘2次；8拍再拧腰转向左侧。

3. 手型：半握拳。

4. 面向：1点。

1~2、3~4

5

6

第三个八拍

1. 步伐：1~2拍转身360度；3拍右脚前迈；4拍左脚并右脚；5拍右脚向右迈一步；6嗒7拍身体波浪；8拍右脚并左脚。

2. 手臂：1拍右手从左手下穿过后抡，2拍落下；3~4拍自由摆臂；5~6拍从右向左击掌3次；7~8拍双臂抬起于体侧。

3. 手型：1~4，7~8半握拳5~6击掌。

4. 面向：1~6拍1点；7~8拍7点。

360度

1~2

3、4、5

6嗒、7

第四个八拍

1. 步伐：1~2拍向右迈步，右脚后撤；3拍左脚左迈步；4拍右脚打开；5拍左脚并向右脚跳起，同时侧抬起右脚，哒拍右脚落地送髋；6拍右顶髋，右脚点地；7拍身体重心右移；挺胸波浪，哒拍移动右脚，8拍并拢。

2. 手臂：1~4拍屈臂双手上下绕动，5拍双臂左上摆；6拍双手右下伸；7~8拍左手在上，右手向下划一周落下。

3. 手型：半握拳，6拍响指。

4. 面向：1~3拍7点；4~6拍1点；7~8拍8点。

5~6

3~4

1~2

7~8

第 五 章

集 体 三 人 健 康 街 舞

一、集体三人第一组动作讲解与示范

第一个八拍

1. 步伐：1~2拍右脚左踹后落地，3~4拍左脚右后交叉，还原。5~6拍左脚向左迈一步，右脚左踢，7~8拍右脚落地并左脚。

2. 手臂：1~4拍上下摆动，5~6拍双手经后至前交叉，7~8拍击掌。

3. 手型：半握拳。

4. 面向：1点。

1   2

3　　　　4　　　　5

7~8　　　　6

第二个八拍

1. 步伐：1~2拍左、脚依次迈步，3~4拍左脚原地踏步，右脚并左脚。5拍~6拍右脚前、后迈步，7~8拍右脚点地，屈小腿。

2. 手臂：1~6拍前后自然摆动，7~8拍双手侧平举后至右手扶脑后，左手扶右脚跟。

3. 手型：1~6拍半握拳，7~8拍放松打开。

4. 面向：1拍7点，2拍5点，3~8拍1点。

3

2

1

4

5

6

7

8

第三个八拍

1. 步伐：1~2拍左、右脚依次迈步，3~4拍同1~2拍。5~6拍左脚向前迈步，7~8拍右脚向右迈步。

2. 手臂：1、2拍双臂向侧伸展，3~4拍同1~2拍。5~8拍，左、右小臂前屈。

3. 手型：1~4拍响指，5~8拍放松打开。

4. 面向：1点。

5~6

1~2

7~8

第四个八拍

1. 步伐：1拍~2拍左、右脚依次向右迈步，3拍左脚小腿前踢，哒拍左脚并腿，4拍双脚打开，5~6拍，右脚右踢，哒拍左小腿勾，右腿右转。7~8拍，左腿动作同5~6拍。

2. 手臂：1~2拍前后摆动，3~4拍双臂经前平举，哒回腰间，双臂侧平举，5~8拍双臂放松。

3. 手型：1~2拍半握拳，3~4拍放松打开。

4. 面向：1拍5点，2拍1点，3~8拍1点。

1   2   3

哒

4

5~6

哒

二、集体三人第二组动作讲解与示范

第一个八拍

1. 步伐：1~2拍右脚跟点地，3拍左脚跟点地，左脚并腿，4拍脚不动，5~6拍同1~2拍。7拍右脚跟点地，8拍右脚于左脚后交叉。

2. 手臂：1~2拍双臂经交叉向下打开，3~4拍U–plock中的Up后还原，5~6拍双臂交叉后左臂剑指Point，7拍右臂屈臂于胸前，8拍左臂扶脑后，右臂斜下举。

3. 手型：1~4拍半握拳，5拍半握拳，6拍左Point。7~8拍五指并拢，掌心向下。

4. 面向：1点。

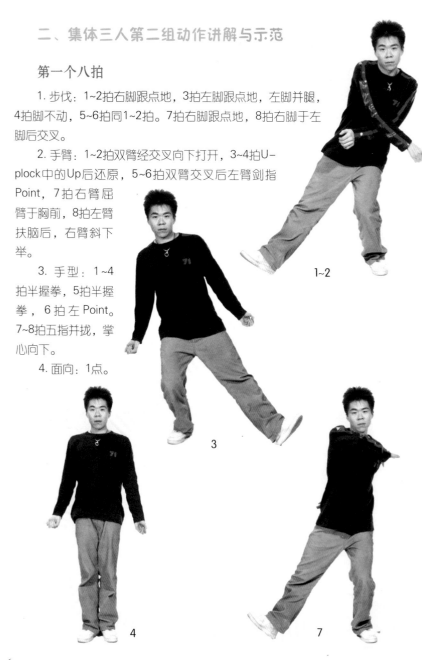

1~2

3

4

7

第二个八拍

1. 步伐：1~2拍双脚左转，3拍右脚并腿，4拍保持不动，5~6拍左脚右前交叉，右脚并腿，7拍~8拍保持不动。

2. 手臂：1~2拍双臂自然下垂，3拍右臂Uplock中的Up还原。4拍左臂Up接左手剑指Point。5~6拍右臂前摆、还原，7~8拍Uplock。

3. 手型：1~2拍五指并拢，3~4拍右手半握拳，左手Point，5~8拍半握拳。

4. 面向：1点。

3

4

5

6、7~8

第三个八拍

1. 步伐：1~2拍左、右脚跟交替向右点地，3~4拍右左脚交替踏步。5拍右脚前踢哒，右脚落地同时吸左腿，6拍双脚打开，7~8拍同5~6拍。

2. 手臂：1拍右臂Uplock中Up，左臂侧平举。2拍双臂交叉，3~4拍背后击掌，5~6拍右、左小臂交替前屈，掌心相对。7~8拍同5~6拍。

3. 手型：1~8拍双手半握拳。

4. 面向：1点。

1

2

3~4

6、8

5、7

第四个八拍

1. 步伐：1拍双腿并拢，2拍左脚向前迈步，右脚后撤，3拍同1拍，4拍 Point，5~6拍保持不动，7拍下蹲，8拍保持不动。

2. 手臂：1~3拍右臂Uplock中的up，4拍右臂Point，右臂Uplock伸展打开。7~8拍向前Point。

3. 手型：1、3拍，5~7拍半握拳，2拍五指并拢，8拍Point。

4. 面向：1点。

三、集体三人第三组动作讲解与示范

第一个八拍

1. 步伐：1~2拍右脚向左侧端、还原，3~6拍双腿保持不动，7拍左脚左前迈一步，（哒）拍右脚右前迈一步，8拍双脚并拢。

2. 手臂：1~4拍左右臂向前point，5~6拍向右point，7~8拍右臂经左（哒）后前屈。

3. 手型：1~8拍除point外半握拳。

4. 面向：1~8拍1点。

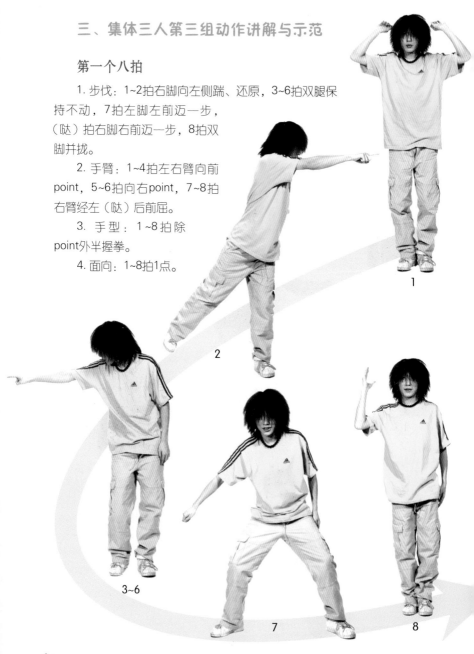

1

2

3~6

7

8

第二个八拍

1. 步伐：1~4拍，左右腿向前迈后腿并拢，5~6拍右腿吸后落在右方，7拍右腿并拢，8拍不动。

2. 手臂：1拍右臂Uplock中Up左臂向左伸展。2拍双臂向下还原，3~4拍双臂Uplock中Up后向下还原，5~6拍双臂上下击撑后，左臂向右Point，左臂向下Point。7~8拍，Uplock。

3. 手型：1~4拍半握拳，5~6拍双手并拢后Point。7~8拍半握拳。

4. 面向：1点。

1~2、3~4

5

6

第三个八拍

造型，参看本书配套VCD教学片。

第四个八拍

1. 步伐：1拍左脚左侧点地，2拍左腿右后交叉，3~4拍右腿吸腿后落地，5拍左腿右交叉，6拍双腿左转哒拍左吸腿，7拍右脚右踹哒拍，8拍右腿并左腿，左脚向前脚跟点地。

2. 手臂：1~2拍右臂Uplock后，双手臂背后击掌，3~4拍双臂屈臂上举，伸展打开。5~6拍放松，7~8拍双臂左右展开。

3. 手型：1~2拍半握拳，3~8拍五指并拢。

4. 面向：1~4拍1点，5~6拍顺时针360度，7~8拍1点。

1

2

3~4

180度

5

180度

6

7

8

第五、六个八拍

队形变化，参看本书配套VCD教学片。

第七个八拍

1. 步伐：1~2拍左、右交替吸腿，3~4拍左腿还原，4、5、6拍不动，左脚尖前点地，7拍、8拍左腿并拢。

2. 手臂：1~2拍双臂经前交叉至斜上Point，3~4拍Uplock，5~6拍左臂经下至右Point。7~8拍击掌。

3. 手型：1~4拍5、7、8拍半握拳，6Point。

4. 面向：1~8拍1点。

1~2

3~4

5~6

第八个八拍

1. 步伐：1拍右脚前踹哒拍，2拍左脚落地、右腿吸、双脚打开，3~4拍同1~2拍，5~8拍自由踏步。

2. 手臂：1~4拍左、右小臂交替前屈，5~8拍自由。

3. 手型：1~4拍半握拳，5~8拍自由。

4. 面向：1~4拍1点，5~8拍自由。

1

2

男子三人动作编排特点：

应选择肢体动作重叠、交互配合的动作，体现层次高低之美，动静相宜。如：The king Tut（埃及皇）、Robot（机器人）、Glides（滑翔）、king Cobra（手到肩往返的波浪）等。应突出集体造型设计的巧妙与新颖，突出健康街舞集体项目合理安排动作，展现自己风格及和谐配合的特点。

Chapter 6

第 六 章

静 止 性 伸 展

在每次练习的放松部分，可安排慢节奏的街舞动作和身体的拉伸练习。要注意身体任何部位的伸展，都一定要按左右两个方向的姿势来做，均衡地放松身体各部位肌肉，消除疲劳，恢复体力。时间在10分钟左右。

一、颈部的伸展

> **闫虹老师提示：**
>
> 颈部聚集着许多重要的神经，是身体传递各种信号的通道，同时还支撑沉重的头部。如果颈部经常感到疲劳的话，人就会加速衰老，要年轻，从颈部开始吧。注意喽，动作不要太用力，一定要轻柔舒缓啊。

双脚开立，与肩同宽，后背挺直。手扶头部鬓角处，手臂用70%~80%的力量，徐徐呼气，脖子慢慢向右倾斜，同样的动作，方向相反再做一次，亦可多次交替重复练习。

二、肩部的伸展

> **闫虹老师提示：**
>
> 　　手臂是做任何运动时都经常要使用到的，是很容易疲劳的部位，读者朋友要修塑肩膀和手臂的优美曲线，要记得多做手臂伸展运动噢。做练习的时候，要注意呼吸的配合，拉伸手臂的同时呼气，还原时吸气。逐渐加力，注意可不要拉伸过度啦。

　　双脚开立，与肩同宽，左肘在头后部弯曲，右手抓住左肘向反方向拉伸。

　　双脚开立，与肩同宽，后背挺直。左臂胸前向另一侧伸直，与肩同高。用右臂扶按左肘后部，向异侧胸部按压（如果将面部向伸展肩膀同侧看，则会较好固定体位，效果会更好）。

　　双脚开立，与肩同宽，双腿稍蹲，后背挺直。手臂动作同上。

三、胸部的伸展

　　双脚开立，与肩同宽，双腿半蹲，腹式呼吸，做肩、胸部拉伸的同时，收紧腰、臀、腿部肌肉。保持20秒，放松。

　　双脚并立，后背挺直。双手在腰后交叉，伸直胳膊向斜下方慢慢拉，使两肩胛骨靠拢，背部肌肉收缩。保持20秒，放松。

四、腰部的伸展

双脚开立，比肩略宽，后背挺直。右臂上举，上半身左倾，同时缓缓呼气，左手指尖扶左脚尖，保持20秒。放松还原，慢慢抬起上身，调整呼吸。反方向做。

五、腿部的伸展

　　半劈腿坐，直腿尽量勾脚尖，上体正直。

　　动作同上，直腿尽量绷脚尖，上体正直。

双脚开立，比肩略宽，脚尖向外。双手扶膝，将两腿向外掰，拉伸大腿内侧肌肉。

右脚向前踏出一步，右腿伸直，尽量勾脚尖，左腿屈膝支撑（如左腿伸直则可同时兼顾左腿后群肌肉的拉伸），重心在左腿。双手扶住大腿，挺胸直背。在向后翘臀的同时，上半身向下压。

双脚并立，脚踝交叉，右脚脚背尽量贴近地板。屈左腿并用左膝顶压右腿小腿后部。

附录 中国学生健康街舞竞赛评分规则（节选）

第一章 总 则

1.11 健康街舞的定义

健康街舞是学生健康活力舞的一部分，它吸纳了街舞的动作风格，依据健身原则，在音乐的伴奏下，在身体松弛的状态下突出了街舞关节的多频性以及身体的起伏，是一项有利于学生身心健康的娱乐体育项目。

1.2 参赛资格

我国所有大、中学的正式在校学生均可报名参加（含各类民办学校）。

1.3 竞赛目的

贯彻教育部关于学校体育"健康第一"、"以学生为中心"、"终身体育"的指导思想，在各级学校中普及健身操运动，培养学生对该项目的兴趣和爱好，丰富青少年体育锻炼内容。

1.4 竞赛性质及办法

1.4.1 性质

中国学生健康街舞比赛是中国学生健美操艺术体操协会的正式比赛项目。

1.4.2 办法

中国学生健康街舞分为分区赛、全国预赛与总决赛。

A. 分区赛

所有参赛选手均须参加分区赛，录取各赛区前8名选手进入全国比赛。

B. 预赛

进入预赛的所有选手均需参加，比赛录取各项目前8名进入决赛。

C. 决赛

决赛录取各个项目的前6名进行排名。

1.5　比赛分组

1.5.1　大学生组

全国大学生街舞比赛为甲、乙组赛

A. 甲组——普通高校普通专业的学生

B. 乙组——体育院校、舞蹈学校，师范类体育与舞蹈专业学生。

1.5.2　中学生组

A. 高中组

B. 初中组

1.6　比赛内容

1.6.1　中国学生健康街舞比赛分为等级规定套路比赛（略）

1.6.2　中国学生健康街舞自选动作

A. 男子单人

B. 女子单人

C. 集体（4~8人）

1.7　成套动作时间

A. 个人项目为1分30秒正负10秒

B. 集体项目为2分正负10秒

音乐可以有前奏但不得超过8小节，音乐结束必须是完整的，音乐结束动作必须结束。

1.8　参赛人数

1.8.1　单人项目（性别不限）

1.8.2　规定套路集体项目为 3~6 人、自编动作集体项目为 4~8 人。

1.9　比赛音乐

A. 规定动作音乐由大会提供。

B. 自编动作的参赛者自备两份音乐，音乐必须录在磁带A面或光盘的开头。比赛音乐可以是单首音乐或多首音乐剪接而成，可以有动效音。比赛音乐必须是高质量的。

1.10　比赛场地

场地由体育场馆与舞台构成，有专业的放音设备，可以有舞台灯光。背景必须有中国学生健美操艺术体操协会会标与字样。比赛在至少12X12平方米的场地中进行，不设边线。

1.11 着装要求

大学生街舞比赛的服饰必须体现青春、健康、积极向上，整洁大方的外观。

A. 服饰

参赛选手应身着街舞风格的服装，服装不得过分暴露，不得有纹身，不得有反映暴力、色情、宗教的内容，不得有不健康内容的图案、文字、饰物和道具，否则视具体情况扣分或取消参赛资格。

B. 发型

不得有过分怪异的发型（最终解释权在高级裁判组）。

1.12 出场顺序

A. 预赛出场分组与顺序由抽签决定，抽签在赛前3周由组委会负责。

B. 复赛出场顺序在预赛后由大会组委会指定时间抽签决定。

C. 决赛出场顺序由复赛成绩决定，出场顺序由低至高依次出场。

1.13 成绩

1.13.1 成绩公布

评判员给运动员的评分及最后成绩采用公开示分方法。每场比赛结束后公布所有成绩。

1.13.2 抗 议

不接受对评分结果提出的抗议。

1.13.3 最后成绩

所有选手预赛成绩不带入决赛，比赛最后成绩由决赛成绩决定，决赛得分高者名次列前，当成绩相等时排名取决与下列因素：

A. 成套设计

B. 完成情况

如果上述排名之后成绩仍然相等，名次并列下名次空额。

1.14 奖励与处罚

1.14.1 奖励

所有进入决赛选手将授予活力青年称号，并有证书。进入前六名者被授予奖状与证书，前三名颁发奖杯与证书。可以设立奖品与奖金。

比赛将设最佳编排、最佳表现、最佳服饰、最佳活力奖项。颁发奖杯与证书。

进入前三名选手所在的单位将获得来自校园的奖牌，并颁奖。

1.14.2　处罚

对在比赛中不遵守大会纪律者将给予警告、减分、取消名次，对于在比赛中弄虚作假者将取消其参赛资格。

1.15　解释权

本规则的所有解释权归中国学生体协健美操艺术体操协会所有。

第二章　评判组的组成与职责

2.1　评判组的组成

2.1.1　高级评判组

由中国学生健美操艺术体操协会选派的3位高级专业评判员组成。

2.1.2　评判组

评判长：1名；评判员：5~7名；总记录长：1名；辅助评判员：若干。

2.2　评判组职责

2.2.1　高级评判组

监督整个比赛情况，处理影响比赛进程的违纪情况或特殊情况。

查看评判员的评分，对在评判工作中表现不佳或倾向性打分的评判员提出警告。

更换被警告后仍表现不佳的评判员。

对在评判工作中有失误的评判做出判定。

2.2.2　评判长

评判长记录整套动作，并且根据技术规程负责监控在场的全体评判员工作。

评判长负责如下减分（动作的中断或停止；拖延时间出场；弃权；着装问题；音乐问题；纪律处罚等）

动作的中断：指运动员停止动作2~10秒的时间，然后继续做动作。每次动作中断将减0.5分。

动作停止：指运动员停止动作并在10秒内不能继续做动作，最后得分为0分。

拖延出场：运动员被叫到后20秒内未出场，将由评判长减0.5分。

运动员被叫到后60秒内未出场，将被视为弃权。一旦宣布弃权，运动员将失去本项目的参赛权。

着装问题：运动员在比赛中出现的着装问题将由评判长减0.5分。

音乐问题：自编动作的音乐时间不足、时间超过将由评判长减0.5分。

纪律处罚：警告或取消资格将依据评分规则中有关纪律处罚的规定进行。

2.2.3 评判员

评判员是对整个比赛进行评分。评判员对待评判工作要认真负责，根据规定成套动作的标准进行公平、公正的评判。不得有倾向性打分行为，违纪者将被给予警告。评判员在被警告后如还不改变自己的评判行为将被更换，并给予严肃处理。

第三章 评分标准

3.1 评分办法

成套动作满分为10分。

3.1.1 最后得分

在评判员的评分中去掉一个最高分和一个最低分，其中间分相加后的平均分再减去评判长的扣分为该名运动员的最后得分。

3.2 评分因素

3.2.1 成套设计

成套设计为加分。加分分为四个层次：

非常好	0.9~1
好	0.7.~0.9
一般	0.6~0.7
差	0.6分以下

3.2.2 完成情况

完成情况为减分。减分分为四个层次：

小错误	0.1~0.2
显著错误	0.3~0.4
严重错误	0.5~0.8
失误	0.8~1

3.4　自编动作　20分

3.4.1　成套设计　10分

3.4.1.1　动作设计　7分

成套动作可以有主题，但表现主题动作不得超过3次，每次不得超过2个8拍。

主题与音乐不得有反映暴力、色情、宗教的内容。

动作必须反映街舞的特性。

地面动作不能出现违例动作。

队形变化不少于5次。

必须出现2次以上的身体配合动作。

不得使用道具。

成套动作不得出现超过一个八拍的停顿。

评分：非常好　　6~7

好　　　5.~5.9

一般　　4~4.9

差　　　4分以下

3.4.1.2　服饰　1分

服饰必须体现青春、健康、积极向上，整洁大方的外观

出现违例服装将被扣分。

评分：非常好　　0.9~1

好　　　0.7.~0.9

一般　　0.6~0.7

差　　　0.6分以下

3.4.1.3　表现　2分

表现力是指参赛选手通过自身的身体动作和面部表情，反映音乐的内涵与韵律感，同时对观众与裁判的感染能力；不准确的表达与夸张的表现与呆板冷漠的表情将被扣分。

评分：非常好　　1.8~2

好　　　1.4.~1.7

一般　　1~1.3

差　　　1分以下

3.4.2　完成情况　10分

3.4.2.1　技术技巧　6分（集体项目）技术技巧8分（个人项目）

在身体松弛的状态下突出了街舞关节的多频性以及身体的起伏，所谓关节的多频性是指街舞所特有的人体多关节的参与性。

身体起伏是指人体胸、腰腹、髋、膝、踝协调收缩与舒展的能力。

评分：小错误　　0.1~0.2

　　　　显著错误　0.3~0.4

　　　　严重错误　0.5~0.8

　　　　失误　　　0.8~分

3.4.2.2　准确性　2分

准确性是指动作位置与方向的准确。

评分：小错误　　0.1

　　　　显著错误　0.2

　　　　严重错误　0.3

　　　　失误　　　0.4

3.4.2.3　一致性（集体）1分

一致性是指参赛选手统一完成动作的能力。

评分：小错误　　0.1

　　　　显著错误　0.2

　　　　严重错误　0.3

　　　　失误　　　0.4

3.4.2.4　合拍　1分

动作必须音乐节拍紧密吻合，出现音乐与动作的脱离将被扣分。

评分：小错误　　0.1

　　　　显著错误　0.2

　　　　严重错误　0.3

　　　　失误　　　0.4

第四章　违例动作

4.1　技巧动作

健康街舞不准许做经过倒立的技巧性动作、不可以做BREAK当中的反关节、头顶倒立，头顶旋转等动作。

第五章　特殊情况

以下被视为特殊情况：

音乐播放错误。

由于音响设备而出现的问题。

由于现场设备问题引起的干扰如灯光、赛台、摄像机、照相机等。

其他任何与选手无关的异物进入比赛场地。

选手责任外的特殊情况而引起的弃权。

选手在遇到以上任何情况发生时，应立即停止做动作，向仲裁委员会提出申请重做，经批准后执行，比赛以后提出的抗议将视为无效。

本规则解释权属中国学生健美操艺术体操协会。

中国大学生体育协会健美操艺术体操分会

教练简介

贾　涛　青鸟健身健美操主管，专业街
　　　　舞教练。2003 年获全国首届
　　　　"爆果汽"杯电视街舞健身组
　　　　北京赛区冠军和全国冠军。

许　艳　青鸟专业街舞教练。2003 年
　　　　获全国首届"爆果汽"杯电视
　　　　街舞健身组全国季军。

李　畅　CK 舞团团长，专业街舞教练。
徐志艺　CK 舞团成员，专业街舞教练。
刘　洋　CK 舞团成员，专业街舞教练。

　　　　CK 舞团 2004 年获"全国电视
　　　　大赛"总决赛健身街舞集体全
　　　　国季军。